En un pueblecito muy lindo, en una noche estrellada, se acercó Pepito el Grillo al umbral del taller de Geppetto, un bondadoso anciano carpintero.

Había allí relojes y cajitas de música,
juguetes y... ¡una marioneta! Tras los últimos
retoques, Geppetto le puso por nombre,
«Pinocho».

Ni a su pececita Cleo ni al gato Fígaro les gustaba ese muñeco, pero Geppetto vio por la ventana una estrella y formuló un deseo:

«Que su marioneta se convirtiera en un niño de verdad». El hada se lo iba a conceder esa misma noche pero, para eso, Pinocho debería ser bueno.

Para que distinguiera entre el bien y el mal y obedeciera siempre a su conciencia, el hada dejó al Grillo ser su guardián en las tentaciones.

Pinocho, al ver que podía moverse, se
levantó pero se cayó y despertó a Geppetto:
—¿Quién...? —¡Soy yo...! ¡Qué alegría al oír
que podía hablar!

Ambos se fueron felices a dormir porque, al día siguiente, Pinocho debía ir a la escuela. Tenía que aprender muchas cosas.

Pero apenas salió de casa, Pinocho se topó con la primera tentación: el zorro Juan y el gato Gedeón le hablaron del mundo del espectáculo.

Allí se obtenía fama y dinero sin esfuerzo
y, ¡qué más daba si hacía el ridículo!
Pinocho no hizo caso de las advertencias de
Pepito el Grillo.

A Juan y al gitano Estrómboli sólo les interesaba la diversión y el dinero que podían ganar con él y así fue como lo metieron en una jaula.

Pinocho estaba triste por no ver a su padre,
pero en cuanto el hada le preguntó, contó
tantas mentiras que le fue creciendo la
nariz.

Como prometió no volver a mentir, el hada
le perdonó pero, mientras volvía a la
escuela, Juan y Gedeón le llevaron
engañado a la Isla de los Juegos.

Allí dejaban comer caramelos y jugar al billar con amigos como Polilla... Hasta que Pinocho vio cómo se iban convirtiendo en burros.

Cuando volvió a casa arrepentido, Geppetto
se había marchado y una paloma
mensajera le informó de que una ballena
se lo había tragado.

Pinocho y Pepito el Grillo se echaron al mar para que el monstruo se los tragara. Pinocho hizo fuego en el vientre de la ballena, que estornudó y así se salvaron.

Pinocho se convirtió entonces en un niño de verdad; su padre estuvo muy orgulloso de él y fueron muy felices con Cleo y con Fígaro.